# El hallazgo de Jamaica

# El hallazgo de Jamaica

Juanita Havill

Ilustrado por Anne Sibley O'Brien

Traducido por Teresa Mlawer

LECTORUM
PUBLICATIONS, INC.
111 EIGHTH AVE., NEW YORK, NY 10011-5201

A Laurence-Aimée
—J.H.

Para Brandy y Maygann
que me sirvieron de modelo.
—A.S. O'B.

*Library of Congress Cataloging in Publication Data*

Havill, Juanita.
  Jamaica's find.

  Summary: A little girl finds a stuffed dog in the
park and decides to take it home.
  [1. Lost and found possessions—Fiction]
I. Title.
PZ7.H31115Jam   1986       [E]       85-14542
ISBN 0-395-39376-0

Original title:
Jamaica's Find

Text copyright ©1986 by Juanita Havill
Illustrations copyright ©1986 by Anne Sibley O'Brien
Spanish translation copyright ©1996 by Lectorum Publications, Inc.

Published by special arrangement with Houghton Mifflin Company

ISBN 1-880507-22-6

Printed in the U.S.A.

**10**  9  8  7  6  5  4  3  2  1

Cuando Jamaica llegó al parque no había nadie. Era casi
la hora de cenar pero aún tenía unos minutos para jugar.

5

Se sentó en el columpio, se impulsó con la punta de los pies y comenzó a mecerse. Podía divertirse sin tener que preocuparse por los niños pequeños que siempre corrían delante de los columpios.

Luego, subió al tobogán. En uno de los peldaños encontró un gorro rojo tejido. Decidió deslizarse con el gorro en la mano, pero lo hizo tan rápido que cayó de espaldas en la arena.

Al dar la vuelta para incorporarse, vio un perrito de peluche a su lado. Era un precioso perrito de color gris, un poco estropeado por el paso del tiempo y por recibir tantos abrazos. Tenía manchas viejas de comida y de lodo. En vez de hocico, sólo quedaba una mancha blanca, redonda, donde una vez había relucido un brillante botón. Dos orejas largas y negras le colgaban de la cabeza.

Jamaica colocó el perrito en la canasta de la bicicleta.

Tomó el gorro, se dirigió a la oficina del guardaparques y se lo entregó al joven que estaba al otro lado del mostrador.

Lo primero que la mamá de Jamaica le dijo, cuando ésta entró a la casa fue:

—¿Dónde encontraste ese perrito?

—En el parque. De regreso a casa me detuve unos minutos a jugar —dijo Jamaica—. También encontré un gorro rojo, pero lo entregué en la oficina.

—Jamaica, deberías haber devuelto el perrito también —le dijo su mamá—. De todas formas, estoy muy contenta de que hayas devuelto el gorro.

—No me venía bien —contestó Jamaica.

—Quizá el perrito tampoco te venga bien —respondió su mamá.

—El perro me gusta —dijo Jamaica.

—¡No pongas ese perro tonto en la mesa! —le dijo
su hermano.

—Jamaica —le dijo su papá—, no sabes de dónde vino
y además está muy sucio.

—¡En la cocina no, Jamaica! —le llamó la atención su mamá.

Jamaica llevó el perro a su habitación. Podía oír la voz de su mamá: "Estoy segura de que la dueña es una niña muy parecida a Jamaica".

Después del postre, Jamaica se retiró a su habitación.
Tomó el perrito, lo alzó y se le quedó mirando fijamente.
Entonces, lo tiró sobre la silla.

—Jamaica —llamó su mamá desde la cocina—. ¿Acaso, no se te olvida algo? Me parece que te toca a ti secar los platos hoy.

—Mamá, ¿tengo que hacerlo? En realidad, no me siento bien.

Jamaica oyó el traqueteo de las cazuelas y, casi al instante, las pisadas de su madre.

Su mamá entró a la habitación, se sentó al lado de Jamaica, y miró fijamente el perrito que estaba tirado sobre la silla. No dijo nada, simplemente abrazó a Jamaica y la estrechó tiernamente por largo rato.

—Mamá, quiero ir al parque a devolver el perrito.

—Iremos a primera hora en la mañana —le dijo su mamá con una sonrisa.

Jamaica corrió a la oficina del guardaparques y puso el perro sobre el mostrador.

—Lo encontré al lado del tobogán —le dijo al joven.

—Hola, ¿no eres tú la misma niña que me entregó el gorro ayer?

—Sí —contestó Jamaica, sintiendo que se ruborizaba hasta las orejas.

—Ya veo que encuentras muchas cosas. Lo colocaré en la repisa, junto a los otros objetos perdidos.

Jamaica se quedó inmóvil, observándolo.

—¿Se te ofrece algo más? O es que acaso encontraste otra cosa.

—No, eso es todo. Y se quedó hasta que el joven colocó el perrito en la repisa detrás de él.

—Estoy seguro de que algún niño o niña vendrá a buscarlo hoy. Es un perrito precioso —dijo él.

Jamaica corrió al parque. No tenía ganas de jugar sola.
No había nadie más en el parque aparte de su mamá que
estaba sentada en un banco. De repente, Jamaica vio a
una niña, acompañada de su mamá, que cruzaba la calle
en dirección al parque.

—Hola. Mi nombre es Jamaica. ¿Cómo te llamas? —le dijo
a la niña.

La niña soltó la mano de su mamá.

—Me llamo Cristina —dijo.

—¿Quieres venir conmigo a las barras de gimnasia?

—le preguntó Jamaica.

Cristina corrió en dirección a Jamaica.

—Sí, pero primero tengo que encontrar una cosa.

—¿Qué cosa? —le preguntó Jamaica.

Cristina se agachó a buscar debajo del tobogán.

—Mi perrito, Tito. Lo traje ayer a pasear al parque y no lo puedo encontrar —le dijo Cristina.

—¿Es gris con orejas largas y negras? —preguntó Jamaica con ansiedad—. Ven, sígueme.

El joven de la oficina se les quedó mirando sonriente.

—Y ahora, ¿qué otra cosa encontraste?

Pero esta vez, Jamaica no puso nada sobre el mostrador.

—Encontré a la niña que le pertenece al perrito de peluche
—dijo riéndose.

Jamaica estaba casi tan feliz como Cristina, quien tomó a Tito en sus brazos y lo abrazó fuertemente.